DE COMPUTERHEKS

Francine Oomen

De computerheks

Met tekeningen van Philip Hopman

Van Holkema & Warendorf

Van Francine Oomen verschenen over de computerheks:
De computerheks
De computerheks in gevaar
Computerheks in de sneeuw
Lang leve de computerheks!
De computerheks ziet ze vliegen (omnibus)
De computerheks tovert er op los (omnibus)

Achtste herziene druk 2006
AVI-niveau: 7
ISBN 90 269 1732 5
NUR 282
© 1996, 2006 Uitgeverij Van Holkema & Warendorf,
Unieboek BV, Postbus 97, 3990 DB Houten

www.unieboek.nl
www.francineoomen.nl
www.philiphopman.nl

Tekst: Francine Oomen
Illustraties: Philip Hopman
Vormgeving: Ton Ellemers
Opmaak binnenwerk: ZetSpiegel, Best

Error, error, biep biep!

Lot stapt in de lift. Haar vinger aarzelt boven de knopjes. Achtste verdieping? De tiende? Of toch de dertiende? Het lichtje gaat van één naar dertien en van dertien weer naar één. Omhoog omlaag, omhoog omlaag. Als ze een heleboel keer naar boven en naar beneden is gezoefd, herinnert Lot zich opeens weer wat ze kwam doen. Ze ging bij Eva spelen. Voor het eerst. De dertiende verdieping, ja, die was het. Het waait op de galerij en alle huizen zien er hetzelfde uit. Ze loopt langs de ramen terwijl ze onder de gordijntjes door naar binnen gluurt. Ze had het adres toch moeten opschrijven. Het huisnummer weet ze ook al niet meer, 13 of 31? Dan ziet Lot achter een gordijn een zwarte kat zitten. Daar moet het zijn. Eva vertelt vaak over haar poes. Lot drukt op de bel. Er gebeurt niets. Ze belt nog eens en bukt zich om door de brievenbus te kijken. Prrrooem! klinkt het. De deur schiet open en ze tuimelt naar binnen. Er is niemand in het halletje.
'Kom vlug binnen, schiet op! Ik zit hier!' roept een krakerige stem. Lot loopt de gang door en kijkt om het hoekje van de deur. De kamer is donker en het ruikt er vreemd. Voor het raam hangen dikke, zwarte gordijnen die op spinnenwebben lijken. Overal staan potjes en apparaten en in het midden van de kamer staat een computer met een brandende kaars erbovenop. Er zit een vrouw voor. Ze mompelt bozig in zichzelf. Ze is niet oud, maar ook niet jong. Ze is groot en stevig en ze heeft een wilde jurk aan. In haar bos zwarte krullen bungelen krulspelden. Ze heeft een tamelijk grote neus. Op haar wangen en voorhoofd zitten rode en groene strepen, net als bij een indiaan. Plotseling draait ze zich om. 'Eindelijk, daar ben je. Het werd tijd, zeg! Hé!' Haar gezicht betrekt.

'Wat moet dat? Wie ben jij?' roept ze uit. 'Jij bent helemaal niet de computermeneer!'

'Ik... Ik ben Lot. Is... is Eva thuis?' stottert Lot en ze doet een stapje terug in de richting van de voordeur.

'Eva? Hier woont helemaal geen Eva. Hier wonen alleen Miranda, mijn kat, en ik, Ursula Heks.'

Heks? denkt Lot. Héks? Dat mens is gek. Wegwezen! Ze draait zich om en struikelt over een snoer.

Dan voelt ze een hand met scherpe nagels op haar schouder. 'Wacht eens even, krielkipje! Niet zo snel! Weet jij soms iets van computers?'

Lots knieën knikken.

'Nou, komt er nog wat van? Of moet ik je omtoveren in een rol beschuit?'

'Nee! Ik bedoel, ja! Ik weet er wel wat van! Een beetje. Ik heb computerles op school.'

'Mooi!' Ursula trekt Lot mee en zet haar op de stoel voor het beeldscherm. 'Ik heb een probleem,' zegt ze. Met een lange, paarse nagel wijst ze naar het beeldscherm. 'Error! Error! Wat ik ook doe, er komt alleen maar het woordje error. En hij zegt ook de hele tijd: biep, biep. Wat betekent dat?'

'Error betekent fout,' zegt Lot met een klein stemmetje. 'Zal ik eens wat proberen?'

'Ja, graag,' zegt de heks en ze wiebelt zenuwachtig heen en weer.

Lot drukt op een paar toetsen. Er gebeurt niets. Ze probeert wat anders. Het enige wat op het scherm blijft verschijnen is het woordje error.

'Volgens mij zit er geen programma in,' zegt Lot. 'De computer is leeg.'

De heks slaakt een gil en barst in huilen uit. Ze ziet er opeens niet meer eng, maar alleen maar heel zielig uit. Naast de computer staat een faxapparaat. Ursula duwt op de startknop en er komt een lange strook papier uit de machine. De heks scheurt het papier af en snuit haar neus erin.

'Het was zo leuk en spannend allemaal!' snikt Ursula. 'Al die leuke

apparaatjes. Maar dit!' Ze geeft een enorme klap op de computer. 'Dit flotsding werkt helemaal niet! Error! Error! Biep, biep! En waar zijn mijn toverspreuken nou gebleven?'

'Toverspreuken?' vraagt Lot. 'Zaten die in de computer?' Ze drukt ook op de startknop van het faxapparaat en ze geeft Ursula een nieuw vel papier om haar neus in te snuiten. De kat is op de schouder van de heks gesprongen en tikt met haar poot tegen een krulspeld.

'Ja,' snikt de heks. 'Ik heb mijn toverkunsten in de computer laten zetten. Ik ben de enige moderne heks op de hele wereld. Alle andere heksen wonen nog in hutjes in het bos en vliegen rond op bezemstelen. Hopeloos ouderwets!'

'Waar vliegt u dan op?' vraagt Lot. Ze heeft moeite om niet te grinniken. 'Ik vlieg op een stofzuiger,' antwoordt de heks. 'En geen gewone, hoor! Een turbo!' Ze loopt naar een kast en haalt een grote glimmende stofzuiger tevoorschijn.

'Daar kun je toch niet op vliegen,' zegt Lot lachend. 'Heksen bestaan trouwens helemaal niet!'

'Wat? Geloof jij niet in heksen? Dan zal ik je eens wat laten zien. Eigenwijs krielkuiken!' Ursula klapt in haar handen en doet met haar voeten een tapdansje. Ze wijst naar Lot en zegt:

Gippe gappe gaar!
Jij hebt nu rood haar!

'Daar hangt de spiegel,' zegt Ursula.
Lot rent ernaartoe. 'Het is helemaal groen!' Opgewonden springt ze voor de spiegel op en neer. 'Joepie! Groen haar! Leuk! Maar het moest toch rood?'

'Ja, maar dat komt omdat ik mijn toverboek niet heb,' zegt de heks treurig. 'Wees blij dat je geen bessenstruik op je hoofd hebt.'

'Ik vind groen haar gaaf,' zegt Lot. 'Een paar kinderen op school hebben ook geverfd haar. Maar dat mag ik niet van mijn moeder.'

'Dan tover ik het gauw terug,' zegt Ursula. Ze doet nog een keer het tapdansje, maar dan een beetje anders.

Gippe gappe goon,
word nu weer gewoon!

'Hè, nou!' zegt Lot teleurgesteld. 'Ik vond het net zo mooi! Maar ik geloof
nu wel dat u een heks bent. Wauw! Ik sta met een echte heks te praten!
Maar waar is uw toverboek dan?'
'Bij Karel.'
'Bij wie?'
'Die man van de computerwinkel,' zegt Ursula snuffend. 'Oh, wat vre-
selijk!'

'Waarom?' vraagt Lot. 'U krijgt het toch wel weer terug?'
'Dat hoop ik maar,' snottert Ursula. 'Als het boek in verkeerde handen valt, kunnen er rampen gebeuren!'
'Oh ja?' zegt Lot. 'Hoezo dan?'
Ursula gaat rechtop zitten en strijkt haar jurk glad. 'Toverkracht is tovermacht,' zegt ze gewichtig. 'Alleen heksen weten hoe je daarmee om moet gaan. Wij weten wat je mag doen en wat je moet laten.'
'Wat mag dan bijvoorbeeld niet?' vraagt Lot nieuwsgierig.
'Er mag nooit ofte nimmer gesleuteld worden aan de wetten van de natuur. Het evenwicht mag niet verstoord worden.'
'Evenwicht?'
'Alles op aarde is in evenwicht,' zegt de heks. 'De dag en de nacht, kou en warmte, goed en kwaad, mooi en lelijk, moeilijk en makkelijk. Als dat verstoord wordt... dan draait de hele boel in de soep.' Ze rolt met haar ogen en slaat zichzelf tegen haar hoofd. 'En ik ben zo stom geweest mijn toverboek uit handen te geven!'
Miranda springt van haar schouder en verstopt zich achter het spinnenwebbengordijn.
'Waarom hebt u dat dan gedaan?'
'Omdat de toverspreuken in de computer moesten! En dat kon ik niet zelf!' Ursula barst in tranen uit.
'Ik snap er nog steeds niets van, hoor!' zegt Lot.
'Ik zal het je vertellen,' snikt Ursula. 'Maar eerst een kopje thee, om weer een beetje kalm te worden.'
Lot loopt achter de heks aan naar haar keuken. Die ziet er heel modern uit. Overal staan glimmende apparaten en op de vensterbank staan rijen potjes met enge dingen erin.
De heks pakt er een met roze wriemelende wurmpjes. Ze schudt er wat op haar hand, doet de afwasmachine open en legt ze op de plek waar Lots moeder altijd het afwasmiddel giet. Daarna zet ze twee kopjes in het rek, doet de klep dicht en drukt op start. De afwasmachine begint meteen te rammelen en te pruttelen.

'Even wachten, het is zo klaar,' zegt Ursula.
Lot staat met open mond te kijken.
'Wat is er? Heb je nog nooit een theezetmachine gezien? Handig toch?' De afwasmachine piept en de heks haalt er twee dampende bekers thee uit.
'Uhm, nee, dank u wel,' zegt Lot beleefd. 'Ik hoef geen thee.'
'Een koekje dan? Zelfgebakken!' De heks houdt een pedaalemmer voor Lot open. Hij zit helemaal vol. De koekjes zien er normaal uit.

'Dank u wel, mevrouw Heks,' zegt Lot. Ze neemt een flinke hap. 'Mmm, lekker.'
'Er zitten kakkerlakken in. Verse!' zegt Ursula trots.
Lot hoest van schrik het koekje weer uit. Getsiederrie!
Ursula gaat op een keukenkruk zitten en begint te vertellen. 'Ik ben een paar weken geleden hier in de flat komen wonen. Ik verveelde me rot in

mijn hutje in het bos. Het was er zo saai en eenzaam! Ik kon nooit eens gezellig shoppen of naar de kapper. Nooit eens naar de film of lekker een pizzaatje eten. Het enige verzetje was de heksenbijeenkomst. Maar ja, die is maar eens in de tien jaar.'

'Heksenbijeenkomst?' vraagt Lot.

'Ja, dan doen alle heksen hun nieuwste kunsten voor en dat is heel leuk. En dit jaar wilde ik met de computer...' De heks slaat haar hand voor haar mond. 'Alle-paddenpoten-nog-an-toe! De heksenbijeenkomst! Die is al heel gauw. Als ze ontdekken wat ik gedaan heb dan ben ik de sigaar!'

'Wat doen ze dan met u?'

'Dan word ik onthekst,' zegt Ursula met een grafstem. 'Dan moet ik naar het tehuis voor bejaarde heksen en mag ik nooit meer toveren.'

'Dat mag niet gebeuren,' zegt Lot. 'Maar vertelt u eerst eens hoe het met die Karel en het toverboek ging.'

'Nou, toen ik hier kwam wonen, heb ik meteen alles aangeschaft wat een modern iemand in huis moet hebben. Een telefovisie, een draagbare deurbel, een automatische voordeuropener, een koffiepruttelaar, noem maar op! En tegenwoordig doet iedereen alles op de computer, dus ik dacht: Toveren, dat ga ik ook modern doen. Ik ging naar een computerwinkel en zei: "Geeft u mij het allermodernste apparaat dat u hebt. Ik ga namelijk toveren per computer." Die meneer keek mij aan alsof ik gek was. Erg onbeleefd. "Mevrouwtje," zei hij, "heeft u wel centjes?" Puh! Heeft u wel centjes! Alsof hij het tegen een klein kind had! Ik blader in mijn toverboek, zeg een spreuk en hup: een berg geld op de toonbank. Het leek wel of zijn ogen uit zijn hoofd zouden rollen, zo verbaasd was hij! En aardig dat-ie toen opeens deed!

"Mevrouwtje, ik zoek de allermodernste computer voor u uit en dan zet ik er vanavond hoogstpersoonlijk uw toverspreuken in. Laat dat boekie maar hier en dan kunt u de computer morgenochtend komen ophalen." Toen zei ik: "Ben je nu helemaal! Mijn toverboek krijg je niet!" "Maar mevrouwtje," zei de computermeneer. "Dan kan ik u niet helpen, hoor. Wou u het zelf soms gaan invoeren? Dat kunt u toch helemaal niet! Vertrouwt u nou maar op Karel en alles komt goed. "

En ik geloofde hem! Hij deed zo aardig! En ik wilde zo graag opscheppen op de heksenbijeenkomst! Oh, oh, wat ben ik toch een uilskuiken!' Ursula barst weer in snikken uit.

'Vertel nou verder!' zegt Lot ongeduldig.

'Ik heb de doos met de computer opgehaald en thuis ontdekte ik dat de gebruiksaanwijzing en het toverboek er niet bij zaten. En zoals je ziet, de computer doet alleen maar error, error, biep biep!' huilt de heks. 'Ik heb opgebeld en Karel zei dat het een vergissing was en dat hij meteen zou komen. Nu zit ik al een hele tijd te wachten en toen kwam jij! Niet Karel! Boehoehoehoe!'

Karel en het toverboek

Karel zit achter in zijn winkel. Hij kijkt ingespannen naar het scherm van een draagbare computer. Naast hem ligt het toverboek. Hij wrijft in zijn handen.

'Zo! Klaar is Karel! De toverkunsten zitten erin!' Hij lacht gemeen. 'Wat een slimme zet van mij! Wat een buitenkansje! En dat gekke wijf had niets in de gaten!
Een toverheks! Dat
die tegenwoordig
nog bestaan, zeg!
Ik dacht toch echt dat
ze uitgestorven waren,
net als de dinosaurussen!'

Karel laat zijn vingers boven het toetsenbord fladderen. Zou hij nu ook kunnen toveren? Hij drukt op een paar knoppen en leest wat er op het scherm staat.

'Poeh, wel een beetje ingewikkeld, zeg! Maar ja, voor zo'n slim iemand als ik is dat een fluitje van een cent.'

Karel gaat rechtop staan, heft zijn armen, draait drie keer in het rond en gaat dan op één been staan.

Hokus, pokus, giebele...uhhm, biebelebout,
maak deze printer van puur goud.

Hij knipt met zijn vingers en wijst naar een oude printer die in een hoek staat. Peng! De printer glimt opeens van alle kanten. 'Wauwie! Het werkt! Ik kan toveren!' Karel rent naar de printer toe en bekijkt hem van dichtbij. 'Hum, het is geen goud. Eerder blik of zo. Klein foutje. Ik moet het zeker nog leren.'

Handenwrijvend loopt Karel door de winkel. Zijn ogen schitteren. 'Van nu af aan hoeft Kareltje niet meer te doen wat zijn baas hem zegt. En ook niet meer wat zijn ouwe moeder hem commandeert. Yes! Hij kan voortaan alles doen wat hij zelf wil, ha!' Hij strijkt door zijn glanzend vette haar, loopt naar de deur en doet die op slot. 'Zo, en nu moet ik maken dat ik wegkom! Dadelijk komt dat tovermens hiernaartoe en dan ben ik de klos.'

Karel gaat weer achter de computer zitten. Hij scrolt wat heen en weer door het menu. Hier! 'Hoofdstuk 33: Grote verplaatsingen. Maar waar zal ik eens heen gaan?' Karel krabt zich op zijn hoofd. 'Ergens waar het altijd warm is, waar ik kan zwemmen en luieren in de zon. Een wit strand met wuivende palmbomen en mooie bruine meisjes in piepkleine bikinietjes. En zonder mag ook...' Plotseling krijgt hij een idee. Karel klapt zijn computer dicht, legt het toverboek erop en rent de winkel uit.

De turbostofzuiger

'Kom!' roept Lot en ze springt overeind. 'We gaan onmiddellijk naar de computerwinkel om het toverboek op te halen! Volgens mij is die Karel een boef!'

De heks veegt haar ogen af. 'Wil je met me meegaan?' zegt ze snuffend.

'Wat aardig! Ik snap geen bal van de mensen in de grote stad. Ze zeggen het één en ze doen het ander.'

'Gaan we dan op de stofzuiger?' vraagt Lot met glinsterende ogen.

'Ja, wat dacht je dan? Met de bus?'

Lot klapt in haar handen. 'Yes! Hè toe, mevrouw Heks, mag ik vliegen?'

'Vooruit dan. En zeg maar gewoon Ursula tegen me, hoor, anders voel ik me zo bejaard.' Ursula boent met haar handen haar tranen weg. Er komt allemaal groen en rood van haar gezicht af. 'Ik ga me gauw een beetje opknappen,' zegt ze. 'Zo kan een modern iemand zich niet vertonen.'

Lot loopt haar achterna. 'Groen hoort op je ogen en rood op je lippen,' zegt ze. 'Daarnet zat het verkeerd om.'

'Oh,' zegt de heks verbaasd. 'Hoort dat zo?'

'Ja,' zegt Lot. 'En zou je die krulspelden er niet uithalen?'

'Krulspelden? Waar dan?'

'In je haar natuurlijk!' lacht Lot.

De heks woelt door haar haren. 'Krulspelden? Ik dacht dat je die dingen in je haar kon hangen, als speeltjes voor de poes!'

Ze haalt ze eruit en pakt een spuitbus, waarmee ze een grote wolk in haar hals spuit.

Lot giechelt. 'Dat is wc-spray.'

'Het ruikt heerlijk, hoor,' zegt Ursula. 'Naar het dennenbos waar ik eerst woonde.'

16

Als de heks klaar is met optutten, staat Lot al met de stofzuiger in haar hand op de galerij. De kat loopt miauwend om haar heen.

'Nee, jij moet vandaag thuisblijven, Miranda,' zegt Ursula. 'Met z'n drieën op de stofzuiger is te veel.'

De kat blaast boos naar Lot.

'Ze is chagrijnig,' zegt Ursula. 'Ze vindt het maar niks hier in de flat. Ze mist de vogeltjes en de eekhoorntjes. Hup, naar binnen jij.' Ursula trekt de deur dicht.

Lot klimt op de stofzuiger en de heks gaat achter haar zitten. 'Heb je wel eens eerder gevlogen, meisje?'

'Nee, nooit!' giechelt Lot een beetje zenuwachtig.

'Je moet sturen met de slang en ook een beetje met je benen. Je drukt op de aan-knop als je wilt vertrekken en op "uit" als je wilt landen. Maar druk niet op de turboknop want dan gaat-ie veel te hard.'

Lot drukt op 'aan'. De stofzuiger begint te zoemen, te trillen, nog harder te trillen en dan: Woesj, daar gaan ze!

'Omhoog, omhoog!' roept de heks. 'Niet over de galerij! Je moet over de reling!' Met een grote bocht vliegen ze over de reling heen.

Lot trekt net op tijd de slang omhoog. 'Woepie!' roept ze als ze omlaag kijkt. Alles is zo klein daar beneden. Gelukkig dat ze geen last van hoogtevrees heeft!

Ze vliegen langs het flatgebouw. Op de achtste verdieping staat een meisje.

'Eva!' roept Lot. 'Ze staat vast op me te wachten.

Eva, kijk eens omhoog!'

Het meisje kijkt verbaasd in het rond en ziet dan de stofzuiger. Ze slaakt een gil van verbazing.

'Ik kom niet spelen!' roept Lot. 'Ik ga op stap met Ursula de heks!'

Mamsie

'Zanzibar, Zanzibar,' zingt Karel vals. Hij zit weer achter de computer. 'Aha, ja. Hier is het: Grote verplaatsingen. Een lange spreuk! Maar dat is een makkie voor zo'n slim en snugger iemand als ik.' Hij klapt de computer dicht en klemt hem samen met het toverboek onder zijn arm. 'Oh! Dit gaat niet! Zo kan ik mijn armen niet gebruiken voor die rare gymnastiek die erbij hoort.'

Vanonder een bureau trekt Karel een rugzak tevoorschijn. Hij keert hem om. Er vallen een appel en een verkreukelde krant, een boterhamtrommeltje en een hoop kruimels uit. Vlug propt Karel het toverboek en de computer erin en doet de rugzak om. 'Nou ben ik helemaal de kluts kwijt! Hoe ging het ook weer?' Hij haalt een paar keer diep adem. 'Rustig, Kareltje! Hou het koppie erbij.'

Dan draait Karel driemaal in het rond, met zijn armen in zijn zij. Daarna staat hij aarzelend stil. Foutje. Verkeerd om. Hij draait de andere kant op en doet drie krakerige kniebuigingen. Op dat moment wordt er op het raam getikt. Karel duikt weg achter een reclamebord.

Er wordt nog een keer geklopt, maar nu harder. Voorzichtig gluurt hij om een hoekje.

'Wat krijgen we nou?' roept Karel verbaasd uit en hij rent naar de voordeur. Hij draait de sleutel om en rukt de deur open. Voor hem staat een rolstoel, met daarin een klein oud dametje.

'Mamsie! Wat doe jij nou hier, jij zit toch in het bejaardentehuis?'

'Helemaal niet! Ik ben hier, dat zie je toch!' Karels moeder duwt hem vinnig opzij en rolt de winkel binnen.

Karel kijkt schichtig de straat in en doet de deur weer op slot. Zenuwachtig loopt hij achter haar aan.

'Wat kom je nou doen, mams? Ik zou toch zondag op bezoek komen!' roept Karel in haar oor.

'Wat zeg je? Ik versta je niet goed! Zeg jongen, ik verveel me dood in dat suffe bejaardentehuis! Ik vind het nog steeds een schande dat je me daarin gestopt hebt!'

'Maar mamsie! Je bent drieënnegentig. Je ziet bijna niks meer en je bent zo doof als een kwartel!'

'Wat zeg je? Ben ik een beetje dartel? Pas jij een beetje op je woorden, jongeman!' Karels moeder knijpt haar ogen samen en tuurt naar Karels rug. 'Waarom heb je eigenlijk die malle rugzak om? Ga je ergens heen?'

'Ja, ik ga weg!' roept Karel. 'Ik bedoel: jij moet weg!'

'Hoezo ga jij weg?' zegt Karels moeder, die opeens heel goed kan horen. 'Waar ga je dan naartoe? Ga je uit? Toch niet naar het café, hè? Je weet dat ik daar niet van houd!'

'Nee, uuh nee, niet naar het café.' Zenuwachtig kijkt Karel naar de deur. Ik moet haar kwijt zien te raken, denkt hij. Dadelijk staat die toverkol voor de deur en dan ben ik erbij!

'Die blik van je ken ik maar al te goed, Karel! Ik zie dat je iets in je schild voert. Zeg het eens eerlijk tegen je moedertje!'

Karel wordt rood en stottert: 'Uhm, ik wou er een paar daagjes tussenuit, mams. Op op... vakantie...'

'Wat! Ga jij op vakantie! En mij hier achterlaten? Daar komt niks van in! Ik ga mee!'

Het reisbureau

De stofzuiger zoeft door de lucht.

'Hard gaat het, hè?' roept Lot. 'Makkie, hoor, een stofzuiger besturen!'
Lachend kijkt ze achterom.

'Ja, ja!' roept de heks met een benauwd gezicht. 'Je bent een natuurtalent.
Kijk nou maar voor je! Pas op!'

Ursula kan nog net een ruk aan de slang geven. De stofzuiger vliegt
rakelings langs een kerktoren. 'Je moet naar rechts en dan naar beneden,' roept de heks. 'Het is daar in die grote winkelstraat. Zet 'm maar
neer op dat parkeerterreintje.'

BOEM.

'Landen moet ik nog leren, maar verder gaat het best,' zegt Lot stoer,
terwijl ze van het dak van een auto af klauteren. Ursula bindt de stof-

zuiger met het snoer stevig vast aan een lantaarnpaal. Samen lopen ze de straat in. Ursula wijst naar de overkant.

'Die winkel is het!' zegt ze opgewonden.

'Er hangt een briefje op de deur!' roept Lot en ze holt ernaartoe.

GESLOTEN, leest ze. VOOR ALTIJD!

Hè? Voor altijd?

'We zijn te laat! De schurk is ervandoor!' gilt Ursula. 'Hij heeft mijn toverboek nog!' Ze bonkt op het winkelraam en schreeuwt verschrikkelijke heksenvloeken. Dan wordt de deur van het reisbureau ernaast opengerukt.

'Wat is dat voor een lawaai? Mevrouw, houdt u onmiddellijk op met dat geschreeuw, u jaagt de klanten weg! Dit is een nette straat!' roept een boos kijkende winkeldame.

Ursula begint nog harder te razen en op het raam te bonken.

De dame bekijkt Ursula van top tot teen en doet een stap achteruit. 'Dat mens is gek! Ik ga de politie bellen!'

'Niet doen, niet doen!' roept Lot. 'Ze is bestolen door de meneer van de computerwinkel en daarom is ze zo woest.'

'Bestolen? Door Karel? Dat kan toch helemaal niet. Dat is zo'n keurige man! Hij was daarstraks nog bij me.'

'Ursula, kan het even wat zachter?' Lot loopt naar de dame toe. 'Waarvoor dan?'

'Hij vroeg of ik hem kon vertellen wat het mooiste eiland op de wereld is.'

'En toen?' vraagt Lot.

'Ik heb hem een paar reisgidsen gegeven en daar heeft-ie haastig in zitten bladeren. Toen stormde hij de deur uit, zonder dag en dankjewel te zeggen en met zijn haar helemaal in de war... Zo'n nette man. Helemaal niks voor hem, dit soort gedrag. En nu is zijn winkel dicht? Ik snap er niets van.'

'Heeft hij verder helemaal niks gezegd?'

De mevrouw denkt diep na. 'Nee, hij rende gewoon weg.'

'Jammer!' zegt Lot en ze draait zich om. 'Dag mevrouw.'

Ursula is intussen uitgebonkt. Hijgend leunt ze tegen het raam van de computerwinkel.

'Ursula, we hebben pech', zegt Lot. 'Ik heb zo'n vermoeden dat Karel je toverboek gebruikt heeft. Misschien heeft hij zichzelf wel ergens heen getoverd. Zou dat kunnen?'

'Bliksemse bossalamanders,' kreunt Ursula. 'Jazeker kan dat.'

Lot trekt aan Ursula's mouw. 'Kom, laten we maar naar huis gaan, we kunnen hier toch niks meer doen.'

Met gebogen hoofd sjokken Lot en de heks de straat uit. Dan horen ze opeens snelle voetstappen achter zich. Het is de reisbureau-mevrouw. Ze heeft een reisgids in haar hand.

'Meisje... mevrouw! Wacht eens even!' hijgt ze. 'Kijk eens wat ik in mijn winkel gevonden heb! Dit lag nog op tafel. Hier zat Karel in te bladeren!'

Lot en Ursula buigen zich over de opengeslagen bladzijden. Er staan plaatjes van witte stranden en palmbomen met kokosnoten op. En een bruin meisje met een bloemenkrans om in een hangmat. 'Zanzibar,' zegt Lot. 'Hij is naar het eiland Zanzibar!'

Sneeuw op Zanzibar

'Hoor je wat ik zeg, Karel? Ik ga met je mee op vakantie! Gezellig toch?'
Op dat moment ziet Karel de heks voor het raam staan. Naast haar staat
een meisje. Met een enorme zwiep trekt
hij de rolstoel het kantoortje binnen.
'Hé! Voorzichtig een beetje, snotaap!
Ik ben geen racekar!'
Er klinkt gebonk op het raam en geschreeuw.
'Een klant, jongen!' roept zijn moeder
vrolijk. 'Volgens mij wil iemand heel
graag een computer kopen.'
Karel gluurt om de hoek van de deur. 'Oh
jee, oh jee, oh jee!' mompelt hij benauwd.
'Wat zeg je, jongen? Je staat zo zenuwachtig te dribbelen. Moet je naar de wc?'
'Nee mams! Wees nou even stil! Er staat
een vervelend mens voor de deur!'
Ik moet hier weg! denkt Karel paniekerig. En nu meteen! Hoe was de
spreuk ook maar weer? Hij zet zijn handen in zijn zij, draait snel driemaal rond, maakt drie slordige kniebuigingen en roept:

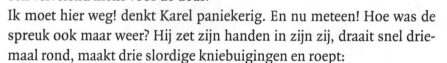

> Kniedel, knoedel, uuuhm...
> Kniedel, knoedel, uuuhm knarreleer.
> Driemaal op en driemaal neer.
> Eenmaal hoog en ... enne eenmaal laag.
> Dit is wat ik vraag:
> Huppel, happel, uuuhm harrewar...
> Breng mij nu naar Zanzibar.

Precies op dat moment grijpt zijn moeder hem stevig bij zijn pols.

Karel probeert zich los te trekken. Dan begint opeens het kantoor om hem heen te draaien, sneller en sneller.

'Huuu,' roept Karel, 'ik word misselijk!'

Met een smak valt hij op de grond. Maar het is niet de vloer van de winkel.

'Karel!' roept zijn moeder. 'Oh, Kareltje, wat gebeurt er?'

Oh nee! denkt Karel, terwijl hij overeind krabbelt. Oh nee! Dit is een ramp!

Ze is mee verplaatst! Maar waar zijn we eigenlijk? Is dit Zanzibar?

Om hem heen ziet hij niets dan enorme bomen, planten en boomwortels.

Uit het bladerdak boven hem klinkt het gekrijs van vogels. Links van hem ritselt iets op de grond. Er kriebelt iets in zijn nek. En het is heel warm.

'Karel, geef eens antwoord! Ik was even zo draaierig! Waarom is het opeens zo heet in de winkel? En wat zijn die gekke geluiden? Is dat die lastige klant?'

'Uuuhm, mamsie... uuuhm, je hebt een dutje gedaan en toen dacht ik: kom, ik ga eens gezellig met mamsie naar de dierentuin.'

Karel slaat in zijn nek, pakt de rolstoel beet en begint te duwen.

'Dat is vreemd,' mompelt Karels moeder in zichzelf. 'Zo ben ik in de computerwinkel en zo ben ik in de dierentuin. Zou dat de leeftijd zijn?'

Dan zegt ze harder, tegen Karel: 'Wat enig, jongen, maar het is hier wel een beetje hobbelig, mijn kunstgebit klappert er bijna uit!'

'Houd je mond dan maar goed dicht!' zegt Karel bars. 'Lekker rustig.'

Met één hand houdt zijn moeder haar brilletje vast en met haar andere hand omklemt ze de armleuning. 'Kunnen we niet over het pad rijden, kind?'

'Nee,' zegt Karel. 'Er zijn geen paden meer. Ze vinden dat de dieren in een natuurlijke omgeving moeten zitten. Echt oerwoud en zo. Modern gedoe! Hou je mond nou maar even dicht, anders ben je je gebit dadelijk kwijt!'

Zuchtend en steunend duwt Karel de rolstoel voort.

'Karel, ik heb honger! Zullen we een hapje gaan eten in de cafetaria?'

'Goed idee, mams! Blijf maar rustig zitten, ik haal wel wat.'

Karel gaat een eindje verderop op een boomstronk zitten. Hij veegt het zweet van zijn voorhoofd en knoopt zijn overhemd open. 'Gut gut, waar

ben ik nu weer in verzeild geraakt. In een tropisch oerwoud, met mijn lastige oude moeder. Dat heb ik weer.' Woest slaat Karel naar iets dat op zijn hoofd kriebelt. 'Ik moet wat eetbaars toveren. En vuur om de dieren uit de buurt te houden, want volgens mij duurt het niet lang meer voor het donker wordt.'

Nerveus kijkt Karel om zich heen. Dan haalt hij de computer uit de rugzak en zet hem aan. 'Eens even kijken, zoek: Vuur, enter.' Biep, biep, biep, doet de computer. 'Aha, hoofdstuk 17: Vuur maken. Een heleboel verschillende spreuken. Laat ik deze maar eens proberen.'

Mompelend leest Karel de spreuk een paar keer over. In het struikgewas verderop klinkt geritsel.

'Wraaaaaah!' klinkt het dreigend.

'Oh, wat dolletjes!' roept zijn moeder opgewonden en ze tuurt kippig om zich heen. 'Zijn we bij de tijgers, Karel?'

Karel rent naar zijn moeder toe en tuurt naar de plek waar het geluid vandaan kwam. 'Ja mam, er is een tijger in de buurt. Maar je moet nu heel stil blijven zitten. Dit is een moderne dierentuin, weet je nog!' sist hij in zijn moeders oor.

'Wat zeg je, jongen? Een moderne tijger? Wat doet die dan?'

'Je opvreten, als je niet uitkijkt!'

'Karel, let toch op je woorden!' zegt zijn moeder boos.

Karel gromt. Het liefst zou hij de rolstoel omkiepen, recht voor de neus van de tijger.

'Wwwraaaaaw!' klinkt het weer en bladeren van de struiken bewegen.

Karels hart begint te bonken. De spreuk! Snel de spreuk voor het vuur! Karel gaat op zijn hurken zitten en pakt zijn knieën vast. Hij springt op en neer als een kikker en roept tegelijkertijd:

Pippel, pappel, puur.
Lucifers zijn duur.
Augurken die zijn zuur.
Het is hier nogal guur.
Geef mij vuur!

Boven zijn hoofd barst een enorm geknal los. Vuurpijlen ontploffen in de lucht als grote fonteinen. Het suist en zoeft en ratelt om hen heen. De boomtoppen worden verlicht in de meest fantastische kleuren. Gillende keukenmeiden schieten tussen het struikgewas door. Zevenklappers knetteren onder de rolstoel. Karel ziet een grote tijger met zijn staart tussen zijn poten het oerwoud in vluchten. 'Ha! Daar heb je niet van terug, hè? Gele hongerlap!' roept hij hem na.

Met open mond kijkt Karel naar het schouwspel. Dan bedenkt hij opeens dat dit helemaal niet de bedoeling was.

'Alweer een fout in dat stomme boek!' moppert hij. 'Ik moest gewoon een gezellig vuurtje hebben, niet dit belachelijke gedoe!'

Karels moeder houdt haar hand achter haar oor. 'Wat hoor ik nou toch, Karel? Onweert het?'

'Ja, mams, onweer!'

'En het bliksemt geloof ik ook,' zegt zijn moeder bezorgd, terwijl ze door haar dikke bril tuurt. 'Gaat het regenen? Heb je een paraplu bij je, schat? En draag je je wollen hemdje wel?'

'Ooooh,' kreunt Karel. 'Alsof ik zeven ben! Ik word stapelmesjokke van dat mens!'

'Karel-kindje, waar blijft het eten nou?'

'Het komt er-aahaan!' toetert Karel in haar oor.

'Nou, nou, je hoeft niet zo te schreeuwen, ik ben niet doof!'

Karel loopt terug naar de boomstronk en toetst op de computer 'Eten' in en drukt dan op enter. Een hele waslijst aan gerechten verschijnt op het scherm. Karel gaat zitten. 'Goh, het lijkt wel de menukaart van een chic restaurant! Ha, ha, behalve dat er geen prijzen bij staan! Wat zal ik eens kiezen. Mijn maagje rammelt eigenlijk ook wel. Gepofte komkommer met schelvislever op een bedje van tuinkers, saus van zure room met knoflook? Bah, veel te deftig. Aha, hiero. Kip met friet en appelmoes. Daar ben ik dol op.'

Fronsend leest Karel de spreuk. Om hem heen ontploffen de laatste vuurpijlen en zevenklappers. 'Oké dan, daar gaan we. Hopelijk gaat deze goed.' Karel wiebelt met zijn achterwerk en dribbelt drie keer in het rond. Tegelijkertijd slaat hij op het ritme van de spreuk met zijn rechterhand op zijn hoofd. Zo nu en dan stopt hij even om op de computer te kijken.

Pokpok, pikpik, pippetje,
ik wil een lekker kippetje.
Prutprut, pratprot... uuuhm, priet
en een bord met friet.
Flipflop, flipflop, ffff... floes
en een schepje appelmoes!

'Nou, dat kwam er toch keurig uit!' bromt Karel tevreden. 'Maar waar is het eten nou?'

Pôôôk, pok, pok, pôôôôk!

Met een ruk draait Karel zich om. Op de grond staat een bord, daarop staat een wit kippetje midden in de appelmoes. Als een razende is ze bezig de frieten naar binnen te werken.

'Weg jij, rotkip! Dat is mijn eten! Nee, ho eens even! Jij bent mijn eten!

Nou wordt-ie helemaal mooi!
Mijn eten eet mijn eten op!'
Karel stormt erop af.
Luid kakelend verdwijnt de kip
in het struikgewas.

Karel tilt het bord op en kijkt beteuterd naar wat er over is. Drie frieten en een bergje modderige appelmoes. Hij kreunt en smijt het bord de struiken in. 'Stom rotboek. Die spreuk klopt voor geen meter!' Karel buigt zich over de computer heen. 'Ik probeer het nog één keer. Een ijsje, daar heb ik geweldige zin in. Het is zo ongelofelijk warm! Eens kijken: desserts. Hier, simpel: vanille-ijs met slagroom. Kort spreukje. Kan niet misgaan.' Karel gaat op zijn tenen staan, knippert heel snel met zijn ogen en zwaait met zijn armen op en neer.

Bennietwijs, benwelwijs.
Ik wil nu vanille-ijs.
'k Heb een oom en... nee.
'k Heb een tante en een oom,
vanille-ijs met room.

Op dat moment begint het te sneeuwen.

'Ik kan het niet, ik kan het niet!' brult Karel stampvoetend. 'Stomme flut-toverspreuken! Oh, was ik hier maar nooit aan begonnen. En wat moet ik in hemelsnaam met mamsie in dit akelige oerwoud?'

Hij kijkt om. Uit de rolstoel klinkt gesnurk. Op het haar van zijn moeder ligt al een dun laagje sneeuw. Karel loopt naar haar toe. 'Gelukkig!' fluistert hij. 'Rust. Nu even niks meer. Brrr, het lijkt wel of het kouder wordt.'

Hij knoopt zijn overhemd tot het bovenste knoopje dicht. Dan duwt Karel de rolstoel onder een grote plant en gaat er zelf opgerold naast liggen. Ondanks de kou, het geritsel en gekriebel valt Karel snel in een diepe slaap.

De noodlanding

De wind suist in Lots oren. Ze moet haar ogen dichtknijpen om nog wat te kunnen zien.

'Weet je wel zeker dat we de goede kant op gaan?'

Ze vliegen heel hoog. De huizen zijn stipjes en de rivieren glinsterende draadjes, de auto's lijken rijen mieren die langzaam voortkruipen over de wegen.

Ursula, die nu voorop zit, heeft de stofzuiger in de turbostand gezet.

'Jazeker!' roept ze. 'Hij staat op de automatische piloot. We hoeven niet eens te sturen. Ga maar een dutje doen, want Zanzibar is ver!'

Het is nacht en volle maan. Ze vliegen nu al weer een hele tijd boven de spiegelende zee en de stofzuiger bromt vredig. Lot dommelt met haar hoofd tegen Ursula's rug aan, haar armen om haar buik geklemd.

'Daar is het!' roept Ursula. 'Lot, word wakker!'

Lot schiet overeind. In de verte ziet ze een klein, groen eilandje. Ze kan stranden onderscheiden en hier en daar wat open plekken met huizen tussen het oerwoud.

'Hé, kijk!' roept Lot. 'Vuurwerk! Er is vuurwerk op het eiland. Misschien is het er feest!'

Boven de bomen ontploffen vuurpijlen in alle kleuren van de regenboog. Het is een prachtig gezicht. Vaag horen ze geknal en geknetter. Plotseling maakt de stofzuiger een raar geluid. Hij schokt en pruttelt en schiet naar links en naar rechts.

'Wat krijgen we nou?' roept Ursula. 'Alle krabbenscharen nog-an-toe! Hij houdt ermee op!'

Het zoemen van de motor stopt en de stofzuiger begint met een flinke vaart te dalen.

Het water komt akelig snel dichterbij.

'Hou je vast!' gilt de heks. 'Noodlanding!'

Met een enorme plons duiken ze in de branding. 'Help!' roept Ursula. 'Ik kan niet... blublupbluppen!' Gorgelend gaat ze kopje-onder.

Lot watertrappelt uit alle macht. Als ze Ursula boven ziet komen, roept ze zo hard als ze kan: 'Pak de stofzuiger vast! Die drijft!' Dan krijgt ze een golf over zich heen.

Als ze weer bovenkomt, ziet ze Ursula hoestend en water spugend over de stofzuiger heen hangen.

'Hou vast!' gilt Lot. 'Help! Kijk uit! Een grote...' Verder komt ze niet. Een enorme golf tilt haar op en smakt haar op het strand. Lots hele lijf doet pijn en ze ziet alles draaien. Maar ze heeft weer grond onder haar voeten.

Ze krabbelt overeind en haalt diep adem. Ursula ligt naast haar met haar armen om de stofzuiger geklemd.

'Getverdemme, wat een nattigheid! Jakkes, jakkes! Ik ben twee maanden geleden nog in bad geweest, ik haat water, uche, uche,' sputtert Ursula.

'Wat is het hier koud! Ik dacht dat Zanzibar een tropisch eiland was!' zegt Lot bibberend.

'Dat is het ook,' zegt Ursula. 'Er klopt iets niet!'

'Ursula! Kijk eens naar de palmbomen en naar het strand! Het heeft hier gesneeuwd!'

'Het zou me niks verbazen als Karel hierachter zit!' zegt Ursula klappertandend. 'We moeten die schurk zo snel mogelijk te pakken krijgen. Het evenwicht! Oh, hemeltje, het evenwicht!'

'Kun je een vuurtje toveren, Ursula? Dan kunnen we onze kleren drogen. En de stofzuiger ook.' Lot springt op en neer om het warm te krijgen.

'Natuurlijk kan ik dat. Vuur maken is een makkie.' Ursula knipoogt drie keer met haar linkeroog, doet een paar balletpasjes en klapt in haar handen.

Rimram, zwimzwam, lariekoek,
de lucifers zijn zoek.
Eksteroog, bubbelbier, berebont,
ik wil een vuurtje op de grond!

Uit het niets verschijnt er een open haard. Er knappert een heerlijk vuurtje in.

'Hotsie-knotsie! De open haard had ik niet besteld, maar die krijgen we er gratis bij,' zegt Ursula.

Lot bekijkt de stofzuiger eens goed. 'Ik snap niet waarom hij ermee ophield.'

'Hé, wat doe je nou!' roept Ursula geschrokken. 'Ga je hem uit elkaar halen?'

'Nee, rustig maar,' zegt Lot. 'Ik kijk alleen maar even naar de stofzuiger-zak.' Triomfantelijk trekt ze die eruit. 'Kijk, dat is het! De zak is vol!'

Ursula bekijkt de zak met opgetrokken neus.

'Allemaal luchtverontreiniging van onderweg,' zegt Lot en ze klopt hem leeg.

'Lot, wat weet jij toch veel van moderne dingen,' zegt Ursula. 'Ik ben blij dat je bij me bent!'

Met een zucht strekt ze zich uit voor het vuur. 'Laten we nu eerst maar wat gaan slapen. Morgen is de stofzuiger opgedroogd en gaan we op zoek naar Karel.'

Lot gaat dicht bij het vuur zitten. Haar kleren beginnen al een beetje te drogen. Ze is klaarwakker.

Er zijn zo veel gekke dingen gebeurd, in zo'n korte tijd. Vanmiddag ging ze bij Eva spelen, in de flat, en nu zit ze opeens op een besneeuwd palmbomeneiland voor een open haard met een natte stofzuiger en een slapende heks naast zich.

Swoesj, klets, swoesj, klets, doen de golven.

Lot gaat liggen en vouwt haar handen onder haar hoofd. Het vuur is heerlijk warm, haar kleren zijn al bijna droog. Zo nu en dan dwarrelt er nog een sneeuwvlokje naar beneden.

Ze staart in de vlammen. Dan denkt ze aan Karel, de computerdief. Zou hij in de buurt zijn? Wat zou hij nou doen? En waar zou die sneeuw vandaan komen? Sneeuw op Zanzibar. Zo vreemd...

Dan valt ook Lot in slaap.

De slappe lach

Sssssssssssss... klinkt het.

Slaperig wrijft Karel in zijn ogen. Hij rilt, wat is het koud! Sssssssss...
Karel heeft moeite zich te herinneren waar hij is. Oerwoud, sneeuw,
ochtend... moeder?
Meteen weet Karel alles weer. Zanzibar. Sneeuw op Zanzibar. Sssss...
Wat is dat toch? Hij buigt zich over de rolstoel heen. Zijn moeder slaapt
nog. Haar neus ziet blauw van de kou. 'Wat is dat gesis? Een lekke band?'
mompelt Karel in zichzelf.
Ssssssss... klinkt het weer. Karel staat op en bekijkt de banden van de
rolstoel. Dan ziet hij achter een steen opeens twee gemene oogjes flon-
keren. Een gespleten tong flitst tevoorschijn. Sssssssss...
Karel maakt een luchtsprong van schrik. 'Ieeeek! Een s-s-s-slang! Oh,
moedertje! Wat een griezel! Ik zal maar heel stil blijven staan, dan ziet-
ie me misschien niet.'
Maar de slang heeft Karel allang gezien. Soepel glijdt hij in zijn richting.
Karels knieën knikken. Het beest kruipt langzaam op zijn voeten af.
'Oh, moedertje-lief, ik durf niet meer te kijken!' Karel knijpt zijn ogen
stijf dicht en balt zijn vuisten. 'Ksst, ga weg, beest, ga weg!'
Zijn moeder mompelt wat in haar slaap. Dan voelt hij iets kouds en nats
langs zijn enkels glijden.
'Owie-ie!' piept Karel. 'Het is geen bijtslang! Het is een knijpslang! Hij
gaat mij platdrukken, uuuuh... wurgen en dan opeten, help!'
Karels moeder doet haar ogen open. Kippig kijkt ze in het rond. 'Huh,
jongen, zei je iets?'
'Nee, mam. Niks, hoor!' roept Karel haastig. 'Slaap maar lekker verder!'
De ogen van zijn moeder zakken meteen weer dicht.
Het beest is bij Karels knieën aangekomen.

'Help, ik wil niet opgegeten worden! Wat moet ik toch doen?' Hij grist
de rugzak van zijn rug, trekt de computer eruit en klikt hem open. Met
een trillende vinger drukt hij op de startknop.
Biiiieeep! doet de computer.
De slang is nu bij Karels navel. Het voelt vreselijk koud en zwaar aan.
'Huuuuu!' roept hij. Biiiieeep! herhaalt de computer.
Karel vloekt. 'Oh nee, heb ik dat weer! Hij doet het niet! Ik ben hem
gisteren vergeten uit te zetten! De batterij is leeg!' Hij propt de compu-
ter terug in de zak en rukt er het toverboek uit.
De slang omwikkelt sissend de onderkant van Karels ribbenkast.
'Ooooooh, oeeee!' kreunt hij. 'Ik krijg het benauwd! Snel, snel! Welk
hoofdstuk? Ik moet een klein, makkelijk spreukje! Zonder gymnastiek!'
Hij steekt zijn armen omhoog en houdt het boek boven zijn hoofd.
'Hoofdstuk drie: Geld. Nee, daar heb ik nu niets aan. Hoofdstuk zeven:
Onzichtbaarheid. Nee, ook niks, want dan zit ik er nog steeds tussen!
Negen: Een recept. Tenenkaas-koekjes, aaaargh!'
Karel heeft moeite het toverboek vast te houden, zo bibberen zijn han-
den. De slang glijdt nu onder zijn oksels door. 'Zou dit wat zijn?
Hoofdstuk 23: Slappe lach. Een simpel spreukje. Laat ik dat maar pro-
beren!'
Ingespannen leest Karel de toverspreuk.
Maar de slang zit al bij zijn omhooggestoken armen en het toverboek
valt op de grond.
Met zijn laatste adem hijgt Karel: 'Als dit maar goed gaat!'

Ossiebossiekniereknach,
Dippediedoppelle...uhhh... doppedie
pliereplach, uuuhh...
krijg onmiddellijk de slappe lach!

De slang kijkt Karel een ogenblik strak in zijn ogen. Dan wijken zijn
kaken uit elkaar en barst hij in lachen uit.

Karel begint zelf ook te giechelen. 'Ho, ho! Weer een foutje! Nou heb ik zelf ook... Ha, ha, ho, hi, hi... de slappe lach!'

De slang giert en proest en schatert en langzaam wordt zijn greep losser.

'Ken je die mop van die twee dinosaurussen?' vraagt Karel, terwijl de tranen hem over de wangen lopen.

De slang schudt zijn kop en begint nog harder te gieren. Langzaam zakt hij naar beneden.

Ook Karel wordt helemaal slap van het lachen. 'Zegt de ene dino tegen de andere: wat krijg ik als, ha, ha, als ik die steen optil? Ha, ha, ha! Zegt die andere: rugpijn! Ha! Ha! Ha! Goeie, hè? Ho, ho, ho, ho!'

De slang heeft de hik gekregen en ligt in een slordige hoop op de grond te schuddebuiken.

Op handen en voeten kruipt Karel uit de glibberige kluwen.

'Nou, vriend,' zegt hij grinnikend, terwijl hij met onvaste handen het toverboek in zijn rugzak stopt, 'het was enorm gezellig! Ik heb in jaren niet zo'n lol gehad! Maar nu ga ik weer eens verder, hoor!' Hij pakt de rolstoel van zijn moeder, die nog steeds slaapt, en verdwijnt slingerend het oerwoud in.

Beren!

Er liggen kruimels in bed, denkt Lot slaperig. Van de beschuit met hagelslag van gisteren zeker. Dan schiet ze met een schok overeind. Het zijn helemaal geen beschuitkruimels! Het is zand! Meteen herinnert ze zich alles weer. Naast haar ligt Ursula te slapen, met haar voeten op de stofzuiger. In de open haard liggen nog steeds gloeiende kooltjes. Lot rilt. Ze staat op en rekt zich uit. Het is koud. Er hangt een nevel over het strand en de zon schijnt er zwakjes doorheen. Alles is bedekt met een dun laagje sneeuw.

Het strand gaat na een paar meter over in oerwoud. Lot loopt ernaartoe en kijkt verwonderd om zich heen. De planten lijken een beetje op kamerplanten, maar dan veel groter. De bomen hebben luchtwortels dikker dan Lots benen. Er zijn prachtig grote bloemen en enorme varens. Felgekleurde papegaaien vliegen kwetterend van tak naar tak. Lots maag rammelt. Zouden er bomen met vruchten zijn? Wat groeit er in het oerwoud? Mango's, bananen?

Een beetje angstig loopt Lot tussen de bomen door. Als ze maar niet op een slang trapt, of een spin in haar nek krijgt. Plotseling hoort ze achter zich iets ritselen. Ze blijft stokstijf stilstaan en durft zich niet om te draaien.

'Ursula! Ben jij het?'

'Wooeeeehahh!' klinkt het.

De papegaaien vliegen krijsend op.

'Woooehaaaaaah!'

Geschrokken draait Lot zich om. Ze ziet nog niks, maar ze hoort het geluid van brekende takken en zware dreunende voetstappen. Ze deinst achteruit, met haar rug tegen een boom. Tussen de struiken verschijnt een grote bruine beer. Hij staat op zijn achterpoten en hij kijkt

verschrikkelijk vals uit zijn ogen en heeft zijn klauwen opgeheven. Lot zet het op een rennen.

'Woehaaaaah, woehaaaah,' brult de beer. Stampend komt hij achter haar aan.

'Help, Ursula, help!' gilt Lot. Ze springt omhoog naar een dikke tak en hijst zich op.

Met een grauw slaat de beer zijn klauwen naar haar voeten uit. Vliegensvlug klimt Lot hoger. Hij mist haar schoenen op een haar na. Kwijlend kijkt de beer omhoog. 'Wraaaaaaaw!' brult hij boos en hij zet zijn klauwen in de stam.

'Help!' schreeuwt Lot. 'Ga weg.' Beren kunnen niet klimmen. Of wel...? Maar de beer klimt niet omhoog. 'Wrooooeuw!' brult hij en boos loopt hij een paar rondjes om de boom heen en verdwijnt dan in het struikgewas.

'Poeh,' zucht Lot, 'dat was op het nippertje! Hij had zeker al ontbeten.' Net als ze zich naar beneden wil laten glijden, klinkt er uit het struikgewas weer een enorm kabaal.

'Help! Oh nee, daar is die griezel weer!' gilt Lot, terwijl ze zich aan een tak vastklampt.

De beer komt grommend uit de bosjes tevoorschijn. Maar deze keer is hij niet alleen. Hij wordt op de voet gevolgd door twee nog veel grótere beren. En allemaal kijken ze even woest en hongerig uit hun ogen.

'Heb je je hele familie erbij gehaald?' roept Lot. 'Met z'n drieën tegen één! Durven jullie wel?'

'Wraaaaww!' grommen de beren.

Lot klimt nog een paar takken hoger.

'Ursula!' gilt ze zo hard als ze kan. 'Ursula, help! Ze willen me opvreten!'

Karel ontdekt Lot

Karel loopt giechelend achter de rolstoel. Eigenlijk valt er niks te lachen, maar hij kan er niet mee ophouden.

'Wat is er zo grappig? Mag ik misschien ook even meelachen?'

'Oh, mam, heb je lekker geslapen? Je hebt alweer een dutje gedaan!'

'Nee, ik heb niet lekker geslapen,' zegt zijn moeder knorrig. 'Ik heb het koud, ik heb honger en ik heb genoeg van dat gehobbel door die stomme moderne dierentuin. Karel, breng me onmiddellijk naar huis!'

'Datte... dat zal niet gaan, mams! We hebben nog niet alles gezien! Enne... we mogen er nog niet uit, want...'

'Karel, zeur niet, doe wat ik zeg!'

Op dat moment klinkt er vlakbij gebrul en gegil. 'Ursula! Help! Ze willen me opvreten!' roept een meisjesstem.

'Opeten,' verbetert Karel. Hij laat zijn mopperende moeder staan en sluipt in de richting van het geluid. Op een open plek ziet hij drie kanjers van beren om een boom heen staan. Boven in de boom, tussen de bladeren, bengelen twee dunne beentjes.

Hé! denkt Karel. Een meisje in nood. Misschien is het wel zo'n mooi bruin meisje in een bikini. Karel de grote tovenaar moet haar redden.

'Ursula!' gilt het meisje weer.

Karel krabt zich op zijn hoofd. Ursula? Zo heette dat malle tovermens toch ook? Dan ziet hij een gezichtje tussen de bladeren. Het is het meisje dat voor de winkel stond, samen met de heks!

'Help! De heks! Ze is vast ook hier in de buurt! Ze zit me achterna! Ze komt me pakken!' fluistert Karel angstig. 'Wegwezen!' Hij rent weg, grijpt de rolstoel van zijn moeder en crost kriskras tussen de bomen door.

'Karel! Stoute jongen!' gilt zijn moeder. 'Zo bedoelde ik het nou ook weer niet! Kun je nou nooit eens normaal doen? Niet zo snel!'

Maar Karel rent door alsof de duivel hem achternazit. Hij kijkt niet op of om.

KNAL! De rolstoel botst keihard tegen een boomwortel op.

ZWIEP! Zijn moeder vliegt door de lucht.

PLONS! Daar ligt ze in het water.

Gelukkig is het er niet diep. Karels moeder zit tot haar middel in de modderige drab en kijkt onthutst om zich heen.

Dan krijgt Karel de schrik van zijn leven. Vanaf de overkant van de plas ziet hij drie krokodillen het water in glijden. Het zweet breekt hem uit.

'Wat moet ik doen? Toverboek, snel toverboek!' Terwijl de krokodillen

gestaag dichterbij komen en zijn moeder woedend naar hem roept, bladert Karel vliegensvlug in het toverboek. 'Nee, dit niet, dat niet, ook niet.' De krokodillen komen dichter- en dichterbij. Karels moeder heeft gelukkig nog niets in de gaten, omdat ze zo slecht ziet. Ze probeert op te staan, maar dat lukt niet. Ze vloekt erg ondamesachtig.
'Hebbes!' roept Karel.

Hotseglots en klepperbek,
krokodillen die zijn gek.
Boerenkool en pastinaak,
krijg acuut een stijve kaak!

Maar het is te laat. De krokodillen zijn bij hun lekkere hapje aangekomen en sperren hun bek wijd open...

Dansende beren

Ursula kreunt in haar slaap. Wat is dat toch voor een herrie? Kan een heks nou nooit eens lekker uitslapen?

Opeens hoort ze heel duidelijk: 'Ursula! Help!'

Ursula gaat rechtop zitten en wrijft in haar ogen. Open haard, zand, strand? Sneeuw? 'Ursulaaaa!'

Van wie is die stem? Die is van het meisje. Ursula kijkt om zich heen. Wat is dat nou? Lot is weg! Ze springt overeind.

'Wroeeehaaa!' klinkt het uit het oerwoud. En daarna: 'Help! Neeeee!'

Ursula rent op het geluid af, zo hard ze kan. Ze springt over boomstammen heen, slaat takken weg en slingert zelfs een stukje aan een liaan.

'Wroeeaaah!'

Hijgend verstopt ze zich achter een grote plant. 'Beren,' fluistert ze verschrikt. 'Vleesetende Zanziberen!'

'Ursulaaaa! Help!'

Dan ontdekt ze, tussen de bladeren, hoog in de boom, Lot. 'Oh jee, had ik mijn toverboek nu maar. En ik moet snel zijn. Lot zit zo te wiebelen, dadelijk valt ze er nog uit!'

Van de zenuwen kan Ursula helemaal niets bedenken. In haar hoofd verschijnen enkel witte bladzijden. Dan krijgt ze een idee. Ze sluit haar ogen, steekt haar beide handen omhoog en draait met haar wijsvingers cirkeltjes in de lucht. Met haar bovenlijf zwaait ze heen en weer en ze zingt:

'k Zag twee, nee... drie beren
dansen leren.
Oh, dat was een wonder!

En die beren gedroegen
zich als heren,
en of die beren dansen konden!
Hi, hi, hi,
bibeliebelie,
dans nu maar jullie alle drie!

Ursula klapt hard in haar handen. De beren draaien zich om.
'Wraaaaaaw!' brullen ze. 'Wroooeew!' Ze schudden met hun grote bruine
kop en komen waggelend op haar af... Ursula schrikt. 'Oh jee, het werkt

niet. Ik heb iets fout gedaan. Maar wat, maar wat? Muziek! Ik ben de muziek vergeten!' Ze kijkt omhoog naar de schreeuwende papegaaien. Gauw maakt ze een paar gebaren en prevelt er een spreuk bij. De papegaaien vliegen allemaal tegelijk naar beneden en strijken neer. 'Strauss!' roept Ursula en ze klapt nog een keer in haar handen. Meteen zetten de papegaaien met schorre krasstemmen een Weense wals in. De beren kijken elkaar een ogenblik verbaasd aan. Daarna gaan ze alledrie op hun achterpoten staan en beginnen heen en weer te wiegen. De grootste twee pakken elkaar vast en dansen met schommelende bewegingen op de maat van de muziek in het rond. De overgebleven beer staat er een beetje ongelukkig naar te kijken. Dan waggelt hij op Ursula af. 'Help! Nee!' roept Ursula en ze rent weg.

Maar de beer is sneller. Hij legt een zware klauw op haar schouder. Ursula staat meteen stokstijf stil. Tot haar grote verbazing maakt de beer een buiging en pakt haar voorzichtig maar stevig vast. 'Help! Lotje!' roept Ursula. 'Help! Hij wil met me dansen!' 'Woeeeh.' De beer bromt zachtjes in haar oor en zwiert haar in het rond. Lot moet zo hard lachen dat ze bijna uit de boom valt. Na een poosje klimt ze naar beneden. Dit is wel heel grappig, maar hoe moet ze Ursula hier nu weg krijgen?

Mamsie grijpt in

'Jakkes Karel, wat heb jij een vieze adem! Heb jij je tanden wel gepoetst vanmorgen?'
Bijziend tuurt Karels moeder in een opengesperde krokodillenbek.
Karel slaat zijn handen voor zijn ogen. 'Moedertje!' roept hij. 'Oh, moedertje! Ik heb zo'n spijt!'
'Karel, komt er nog wat van? Haal me als de gesmeerde bliksem hier vandaan. Ik ben helemaal nat. Ik vind die moderne dierentuinen niks!'
Verbaasd doet Karel zijn ogen open. De krokodillen zwemmen met kwaaie koppen en stijf opengesperde bekken rondjes om zijn moeder heen.
'Hun bekken gaan niet meer dicht! Het is gelukt!' snikt Karel opgelucht.
'Oh, moedertje, je bent niet opgepeuzeld, je leeft nog!' Hij rent het water in, tilt zijn moeder op en draagt haar naar de kant. Daar zet hij haar in de rolstoel, valt op zijn knieën en barst in huilen uit.

Karels moeder is zo verbaasd dat ze vergeet boos te zijn. 'Wat is er nou, jongen?' Ze klopt op zijn hoofd. 'Waarom zit je te grienen?'
'Oh, mam,' roept Karel. 'Ik kan het niet meer aan! We zijn niet in de dierentuin! Ik heb tegen je gelogen! We zitten in een oerwoud op Zanzibar en het sneeuwt vanille-ijs en een kip heeft mijn frieten opgegeten en er was een slappelachslang die mij bijna platgeknepen heeft en... een enge heks zit achter me aan en... en... jij was bijna opgevreten en... en het is allemaal de schuld van dat stomme toverboek!'
Karels moeder pakt zijn hand en klopt erop. 'Kom, kom, jongen, even diep ademhalen. Vertel me nou eens rustig het hele verhaal.'
Snikkend en snotterend vertelt Karel wat er gebeurd is. Van de heks die haar toverboek in de computer wilde, van zijn gemene streek en van alle mislukte toverkunsten.
Als hij uitverteld is, mompelt zijn moeder: 'Dat er nog toverheksen bestaan. Wat dolletjes, wat spannend!' Dan zegt ze met een vastberaden stem: 'Karel, geef dat boek maar aan mij.'
'Maar mamsie,' sputtert Karel. 'Dat heb ik zelf eerlijk gestolen!'
'Karel! Geef onmiddellijk dat boek hier! Anders zwaait er wat!'
Karel krimpt in elkaar. Hij rommelt in zijn rugzak. Ik heb de computer nog, denkt hij. Daar kan ik ook mee toveren als hij weer opgeladen is.
'Karel!'
'Ja mamsie, hier mamsie...'
Karels moeder pakt het boek stevig vast. 'Dit is veel te gevaarlijk speelgoed voor jou. Bij mij is het veilig. Nu gaan we ervoor zorgen dat we zo snel mogelijk uit dit oerwoud komen, voordat we opgegeten worden door een of ander beest. Daarna zoeken we een mooi plekje aan het strand en dan tover ik het eerst een beetje warmer en dan tover ik een leuk paleisje tevoorschijn. Daar gaan wij dan gezellig met ons tweetjes wonen. Duwen!'
'Maar mam... en de heks dan?'
'Daar bedenk ik wel wat op. Geen gemaar, jongen. Duwen! Op naar het strand van Zanzibar!'

De Zanziberen-house

Lot kijkt giechelend naar de dansende beren.

Dan krijgt ze een idee. Ze tikt de beer die met Ursula aan het dansen is op zijn rug en maakt een buiging. 'Meneer Beer, mag ik deze dans van u?'

De beer knikt beleefd en laat Ursula los. Hij grijpt Lot bij haar schouders en zwaait haar in het rond.

Ursula laat zich uitgeput op de grond vallen en veegt haar haren uit haar gezicht. 'Wat een tempo!' hijgt ze. 'En dat op mijn oude dag! Maar hij danst goed, hoor!'

'Ursula!' roept Lot. 'Laat de papegaaien nu hiphop-muziek maken!'

'Wat is dat?' roept Ursula. 'Waarom?'

'Doe het nou maar! Schiet op!' roept Lot. 'Ik word hartstikke duizelig van dit gezwier!'

'Nou,' zegt Ursula. 'Een ander muziekje is niet zo moeilijk, maar ik snap niet waar het voor nodig is.'

Ze strekt haar vingers naar de papegaaien uit en laat haar ogen van links naar rechts rollen en roept:

Megafunk, kabouterpunk, kanariepiet,
rodekool, halve zool, patat met friet.
Technohouse, gabberrap en rattenkop,
schakel over op hiphop!

De papegaaien stoppen abrupt met de wals en schakelen over op een snelle house-deun. De beer laat Lot los en begint met een grote grijns op zijn gezicht in zijn eentje te swingen. De andere twee volgen zijn voorbeeld.

'Wat slim van jou, Lot!' zegt de heks bewonderend. 'En zo modern! Hoe noem je dit? Hiphap?'

'Nou... Zo ongeveer.' Lot moet erom lachen. 'Het lijkt meer op house. De Zanziberen-house! Goeie band daarboven!'

Ze trekt Ursula mee. 'Nu snel terug naar de stofzuiger en op zoek naar Karel!'

De omkeerspreuk

Karel duwt met een kwaaie kop en koude handen de rolstoel door het oerwoud. Zijn moeder heeft het toverboek vlak voor haar neus en zit er grinnikend in te lezen. Zo nu en dan veegt ze een druppel van haar neus. 'Wacht! Stop! Halt!' roept ze opeens.

Karel stopt van kwaaiigheid zo abrupt dat zijn moeder bijna weer de rolstoel uit vliegt.

'Jongen, mijn vingers vriezen eraf, we moeten het eerst warm toveren.' Karel zet een heel gewichtig gezicht op. 'Goed, mam. Dat fiks ik wel even. Geef het boek maar hier.'

'Voor eventjes maar, hoor,' zegt zijn moeder. 'Het liefst zou ik het zelf doen, maar die gymnastiek die erbij hoort is een beetje lastig voor mij. Kijk, het staat op deze bladzijde.'

Ze geeft hem het boek.

'Ahum,' zegt Karel. 'Omkeerspreuken. Ja. Van lief naar stout, van mooi naar lelijk, van groot naar klein, van bang naar dapper, van koud naar warm. Dat is hem!'

Mompelend leest hij de spreuk. 'Hoe verzinnen ze het, ik moet ervoor op mijn kop gaan staan.'

'Schiet nou op, jongen! Ik voel mijn tenen niet meer!'

Karel gaat op zijn hoofd tegen een boom aan staan, klapt met zijn voeten tegen elkaar aan en mompelt onduidelijk:

> Keerom, keerom, keerkoeterwaal,
> mijn opa die is heel erg kaal.
> Vleermuistong en kattendarm,
> ga nu gauw van koud naar warm.

Hij laat zich op de grond vallen en krabbelt overeind. Verwachtingsvol kijkt hij om zich heen. Het wordt warmer. De sneeuw op de bomen en planten begint te smelten en na een paar minuten druppelt er overal in het oerwoud water van de bladeren.

'Ha, lekker!' Karel wrijft in zijn handen. 'Goed van mij, hè mamsie!' roept hij in haar oor. 'Zie je wel dat ik het best kan!'

'Heerlijk jongen, prima gedaan,' zegt zijn moeder terwijl ze hem het toverboek afpakt. 'En nu is het tijd voor een dutje.'

Karel trekt zijn overhemd uit. 'Zo moet het zijn op Zanzibar! Lekker warm!' Hij doet ook zijn T-shirt en zijn broek uit.

'Lekker weertje, hè mam? Ik kan toch al heel aardig toveren!' Hij stopt zijn kleren in het mandje onder aan de rolstoel en begint weer te duwen. Het wordt steeds warmer.

Karel zweet en puft. 'Zo is het wel genoeg, zeg! Het wordt veel te heet! Dit is nou ook weer niet de bedoeling. Alweer een foute spreuk!'

Op stofzuigerjacht

'Wat vreemd,' zegt Lot terwijl ze terug naar het strand lopen. 'Het lijkt wel alsof het warmer wordt. Kijk, de sneeuw smelt.'

'Karel is zeker weer bezig,' zegt Ursula. 'Als dat maar goed gaat.'

Al snel wordt het snikheet. De bloemen en de bladeren in het oerwoud beginnen slap te hangen. Een stukje verderop valt er een papegaai uit een boom.

'Dit gaat fout,' zegt Lot. 'Kom, we moeten opschieten.'

'Hij is weg!' roept Ursula.

'Wie?' roept Lot.

'De stofzuiger!'

Lot en de heks rennen naar de plek waar ze de stofzuiger hebben achtergelaten. De open haard staat er nog, maar de stofzuiger is verdwenen. In het vochtige zand zijn sporen te zien van een heleboel kleine pootjes.

'Daar gaat-ie!' roept Lot.

Nog net ziet ze het laatste eindje van de stofzuigerslang in de struiken verdwijnen. Ze rent erachteraan en duikt tussen de bladeren.

'Niet zo hard,' roept Ursula. 'Wacht op me, Lot, ik kan niet zo snel!'

Hijgend kijkt Lot rond. Om haar heen is een ondoordringbare massa van planten, bomen en bloemen. Er is geen stofzuiger meer te zien. In de verte klinken vaag de Zanziberen-house en het stampen van de berenpoten.

Pats! Er spat iets op Lots hoofd uit elkaar.

'Au!' Lot grijpt naar haar haren. 'Dat deed pijn!'

Boos kijkt ze naar boven. Daar klinkt zacht gegiebel en geritsel.

Ursula duikt naast haar op. 'Wat...? Puf, puf? Waar...?'

Klets! Ook op Ursula's hoofd spat een overrijpe vrucht uit elkaar. 'Wel

alle slangenschubben!' roept Ursula terwijl ze het kleverige goedje uit haar gezicht veegt. 'Wat krijgen we nou?'

'Mango's,' zegt Lot. 'Nog mazzel dat het geen kokosnoten zijn.'

Lot en de heks merken plotseling dat ze begluurd worden door een heleboel kleine, nieuwsgierig glinsterende oogjes.

'Het zijn apen,' zegt Lot.

Ursula wijst naar een boom. 'Daar hangt-ie!'

Inderdaad, daar bungelt de stofzuigerslang tussen de bladeren.

Lot sprint erheen, maar ze is te laat. De apen hijsen de stofzuiger razendsnel op en gaan ermee vandoor. Een opgewonden geschreeuw en gekwetter barst los.

Lot en de heks rennen van de ene naar de andere boom. Intussen hebben de apen de grootste lol. Ze laten de stofzuiger naar beneden bengelen en als Lot of Ursula hem wil grijpen, trekken ze hem snel weer op.

'Stelletje snotapen!' gilt Ursula. 'Geef terug of ik tover jullie om in tuinslakken!'

'Nee, nee, Ursula,' zegt Lot. 'Ik weet wat! Tover mij om in een aap, dan ga ik hem halen!'

'Dat is een Grote Verandering,' zegt Ursula. 'Het is gevaarlijk om die uit mijn hoofd te doen, hoor!'

De racerolstoel

Karel zwoegt achter de rolstoel aan door het oerwoud.

Zijn moeder slaapt als een roos, met het toverboek in haar armen geklemd. Door het gehobbel wiebelt haar hoofd van de ene naar de andere kant. Opeens staat Karel stil. Wat een herrie! Geschreeuw en gekwetter en daarbovenuit de stemmen van Ursula en Lot.

'Stik,' fluistert Karel, 'ze hebben me alweer gevonden. Hoe kan dat nou? En zo te horen hebben ze versterking gekregen. Volgens mij zit er een hele troep heksen in de bomen!'

Hij draait de rolstoel om en begint te draven. Zijn moeder schrikt wakker.

'Karel! Ik ben geen zak aardappelen! Voorzichtig nou toch!'

'Ze zitten ons op de hielen, mams! Een hele massa toverkollen. Ze komen het toverboek halen!'

'Wat?' zegt zijn moeder geschrokken. 'Mijn toverboek afpakken? An me nooit niet! We moeten hier weg, Karel. En vlug!'

'Ja, daar ben ik toch al mee bezig,' hijgt Karel. 'Ik kan niet sneller vooruitkomen met die rotrolstoel.'

'Gebruik dan een toverspreuk, oelewapper.' Zijn moeder houdt het boek vlak voor haar ogen en bladert er snel doorheen. 'Ik moet een simpel spreukje vinden, anders verprutst die domkop het weer!' mompelt ze. 'Hier! Ik heb het! We toveren mijn rolstoel om in een racekar! Karel, doe deze spreuk even!'

'En ik dan, mam! Laat je mij dan hier achter?'

'Nee, natuurlijk niet, sufferd. Jij gaat bij mij op schoot!'

'Bij jou op schoot! Doe niet zo raar!'

'Mond dicht, Karel. Doe nou maar gewoon wat ik zeg.'

Met een rood hoofd pakt Karel het toverboek aan en bestudeert de spreuk. 'Schiet op! Dadelijk staat die heksenclub voor onze neus!'

Karel rolt met zijn ogen en geeft het boek terug aan zijn moeder. 'Nou, daar gaat-ie dan. Hou je vast.'
Karels moeder knikt opgewonden. 'Ik zal voor de zekerheid de rem goed vasthouden, jongen. Je weet maar nooit!'

Snellie, dellie, doedeldee,
vritsie, vroem en teegeevee.
Knalpijp, pook en karrenwiel,
rolstoel wordt een scheurmobiel!

Vroeeeem! doet de rolstoel en hij begint te trillen. Vroooeeem!
'Karel, vlug erop! Ik kan hem niet meer houden!' roept zijn moeder.
Vrooooooem, vroeeeeem!

Karel springt snel bij zijn moeder op schoot. Als een pijl uit een boog schieten ze ervandoor.
'Iiiiieeeek!' roept zijn moeder. 'Leuk!'
Karel gilt: 'Hèèèèèlp!'
'Sturen, jongen!'
'Kan ik niet!' schreeuwt Karel wanhopig.

Lot als Roze Redder

'Doe het nou maar gauw!' zegt Lot. 'Dadelijk gaan ze er met de stofzuiger vandoor!'
'Goed dan. Maar voor het geval dat er iets fout gaat: je hebt het zelf gewild!'
Ursula draait haar handen snel om elkaar heen, springt van haar ene op haar andere voet, klappert met haar oren en roept:

Banana banoela pindapuree,
banana banoela uuuh... hup een twee.
Uuuuhm... haar op je tenen,
haar op je rug,
haar op je benen.
Word nu een aap
en wel heel vlug!

Lot krijgt kriebel in haar buik. En enorme jeuk aan haar billen. Ze krabt.

Er bengelt iets tussen haar benen. Het is een staart! Lot pakt hem vast.

'Hé, Ursula! Hij is roze!'

Lot kijkt naar haar handen en haar benen.

Overal zit haar. Roze haar.

Ursula staat met haar hand voor haar mond te kijken. 'Ik heb je toch gewaarschuwd!' zegt ze. 'Nou, je kunt in ieder geval nog praten!'

Lot springt een paar keer op en neer, om te voelen hoe het aanvoelt. 'Hoe zie ik eruit?'

'Als een mislukte toverkunst,' zegt Ursula. 'Ik schaam me dood.'

'Heb je niks aan,' lacht Lot, en met een zwaai hijst ze zich in een boom.

'Wauw! Dit is leuk! Apies, ik kom eraan!'

Lot zwiert van de ene tak naar de andere, alsof ze haar hele leven niet anders gedaan heeft. Al gauw belandt ze midden tussen de apen. Ze zijn op slag stil en kijken haar verbaasd aan.

'Ben jij een aap of ben jij een... een soort regenworm?' vraagt de grootste en hij krabt zich op zijn buik.

Hé! denkt Lot. Ik versta Aaps! Eens kijken of ze mij ook verstaan.

'Ik ben een Lot,' zegt Lot. 'En ik kom dat ding daar halen.'

De grote aap trekt meteen de stofzuiger naar zich toe.

'Niets daarvan, roze mormel, die is van ons.'

'Niet waar, van óns! Geef hier!' Lot geeft een ruk aan de slang.

De apen om haar heen grommen en ontbloten dreigend hun tanden.

'Afblijven!' snauwt de grote aap. 'Afblijven of ik bijt die rare roze neus van je eraf! Pak haar vast, mannen!'

Voordat Lot boe of ba kan zeggen, zit ze vast in een ijzeren apengreep.

Wie niet sterk is moet slim zijn, denkt ze en ze vraagt op beledigde toon: 'Is dat nu een manier om met de Roze Redder om te gaan?'

De grote aap buldert: 'Roze Redder? Hahaha! Wat een grap!'

'Jullie hebben daar een heel gevaarlijk ding te pakken,' zegt Lot. 'Het is een turbo-apeneter!'

De apen dansen op en neer en lachen zich suf.

'Turbo-apeneter! Woehoehoe! Je bent gek! Het ding heeft niet eens tanden of klauwen!' roept de grote aap.

'Mag ik even?' Lot trekt haar poot los en drukt op de turboknop. De stofzuiger begint vervaarlijk hard te brommen.

De grote aap laat hem van schrik bijna vallen. Dan pakt Lot de stofzuigerslang en richt hem op de staart van de grote aap.

Floep!

'Help!' gilt de grote aap. 'Mijn staart! Help! Het ding vreet mijn staart op! Au!' Hij duwt de stofzuiger vol afgrijzen van zich af en rukt aan zijn staart.

'Hij luistert alleen maar naar mij,' zegt Lot. 'Nou, wil je gered worden of niet?'

'Alsjeblieft, Roze Redder, au!'

Lot zet de stofzuiger uit. De aap trekt opgelucht zijn staart tevoorschijn.

'Oh, gelukkig! Hij is nog heel, mijn mooie staartje! Dank je wel dat je me gered hebt, Roze Redder! Hoe kan ik je bedanken?'

'Ik heb honger,' zegt Lot en ze krabt zich op haar rug. 'Kunnen jullie wat fruit voor me versieren?'

'Komt eraan!' zegt de grote aap.

Even later ziet Ursula Lot naar beneden klauteren. Ze heeft de stofzuiger op haar rug en in haar hand houdt ze een opgevouwen palmblad vast.

'Hier is het ontbijt!'

Ursula roept blij: 'En de stofzuiger!'

'Tover me gauw maar weer gewoon,' zegt Lot. 'Die apen hebben vlooien. Ik heb overal jeuk.'

Ursula doet het tapdansje en klapt in haar handen.

Gippe gappe goon,
word nu weer gewoon!

'Ah, dat is beter,' zucht Lot.

Ze lopen terug naar het strand.

'Uuuuhm, Lot,' zegt de heks, 'er is toch weer een klein beetje iets fout gegaan! Je hebt nog een staart, vrees ik!'

'Echt waar?' Lot kijkt achterom naar haar billen. 'Is niet zo erg, hoor,' zegt ze. 'Lekker handig juist!'

'Nu mijn toverboek nog,' zucht Ursula. Puffend veegt ze het zweet van haar voorhoofd. 'Oh, wat is het warm. Ik stik. Waar zou die Karel uit-hangen?'

Lot spreidt het palmblad met de vruchten op de grond uit. 'We gaan eerst lekker eten en dan sporen we hem op.'

De achtervolging

Net als Ursula en Lot aan hun ontbijt willen beginnen, zien ze hoe met een enorme vaart een rolstoel tussen de bosjes door schiet. Er zit een klein oud dametje in. Op haar schoot zit een lange dunne man. Ze hobbelen en hotsen op en neer. De man gilt van angst en het dametje van plezier.

'Help, moeder! De heks!' roept Karel als hij Ursula ziet.

De rolstoel rijdt met slippende banden recht over het palmblad met fruit heen en verdwijnt met grote snelheid weer in de struiken.

'Stop! Houd de dief!' Ursula springt op de stofzuiger.

'Wacht op mij!' roept Lot.

Ursula zet de stofzuiger in de turbostand en trekt op tot boven de bomen.

'Ik zie hem niet meer!'

Lot hangt half naast de stofzuiger om beter te kunnen zien. Haar staart komt nu goed van pas. 'Daar! Daar! Meer naar links!'

De rolstoel schiet als een leeglopende ballon kriskras tussen de bomen door.

'Help!' klinkt de paniekerige stem van Karel. 'Stop! Help! Ik word wagenziek! Ik moet overgeven! Moederrrr!'

'Karel, stel je niet aan! Gewoon remmen!'

'Dat gaat daar niet goed!' grinnikt Ursula.

Lot schreeuwt: 'Hup, Karel, hup!'

Karel kijkt op en ziet dat Lot en Ursula boven hem vliegen.

'Help!' gilt hij. 'Mevrouw Heks! Red ons!'

'Ik denk er niet aan!' roept Ursula terug.

'Kijk!' roept Lot. 'Ze rijden naar de zee!'

Karel blèrt: 'Help! Ikkanniezwemme!'

PLONS! De rolstoel komt met een klap tot stilstand in de golven. De

motor sputtert nog wat na. Karel vliegt door de schok naar voren en gaat kopje-onder.

Zijn moeder heeft de stoel met één hand stevig vast en houdt met haar andere hand het toverboek boven water.

'Help, auuuuu! Het water is heet!' gilt Karel. 'En er zit iets in mijn onderbroek!'

Hoestend rent hij naar de kant. Op het strand begint hij als een wildeman op en neer te springen. Een paar dode vissen glijden uit zijn onderbroek langs zijn benen naar beneden.

Ursula scheert met de stofzuiger over Karels hoofd en landt vlak naast hem op het strand.

'Zo dief, ik heb je,' zegt ze. 'Mispunt, dierenbeul! Kijk eens wat je gedaan hebt! Een zee vol dooie vissen! Dat komt ervan als je dingen doet waar je geen verstand van hebt!'

'Karel, klungel! Haal me onmiddellijk uit die stinkende vissoep!'

'Wie is die mevrouw eigenlijk?' vraagt Lot. 'Oh, Ursula, kijk eens wat ze in haar hand heeft! Dat lijkt wel het toverboek!'

Lot rent het water in en duwt Karels moeder naar de kant.

'Karel, je bent een enorme oen!' zegt zijn moeder kwaad. 'Kun jij nou nooit eens iets goed doen? Het is dat ik niet uit mijn rolstoel kan, anders kreeg je een pak slaag. Je hebt je oude moeder bijna laten verdrinken. Voor de tweede keer! Deugniet!'

'Ha, het is zijn moeder!' lacht Lot. 'Karel is met zijn moeder op stap!'

Karel krimpt in elkaar en kijkt naar zijn voeten. 'Sorry, mam, ik deed het niet expres.'

'Mevrouw,' zegt Ursula. 'Wilt u nu onmiddellijk mijn toverboek teruggeven? Uw zoon heeft het van mij gestolen!'

'Wat zegt u?' vraagt Karels moeder en ze houdt haar hand achter haar oor. 'Ik ben zo doof als een kwartel.'

'GEEF DAT TOVERBOEK TERUG!' brult Ursula in haar oor. Ze probeert het boek af te pakken, maar Karels moeder klemt het stevig tegen zich aan.

'Oh, nee!' roept ze. 'Afblijven! Dat is nu van mij. Heb ik eerlijk van Karel gejat!'

'Van mij!' roept Ursula en ze geeft een flinke ruk.

'Van mij!' roept Karels moeder.

Allebei trekken ze zo hard als ze kunnen.

'Geef hier!' gilt Ursula.

'Blijf af!' roept Karels moeder.

Ondertussen doet Karel een paar stappen achteruit. Uit zijn druipende rugzak haalt hij de computer tevoorschijn. Hij drukt op een knopje, trekt de floppy eruit en steekt die in zijn zak. Dan hoort hij opeens een stem vlak naast zich.

'Wat ben jij aan het doen?'

Hij kijkt omlaag en ziet Lot staan. Haar roze staart zwiept vervaarlijk heen en weer.

'Uuhm, niks. Ik bekeek even mijn computer. Ik heb er niets meer aan. Hij is doorweekt.' Met een grote zwaai gooit Karel de computer in het water.

'Wat ben jij een vieze milieuverontreiniger!' zegt Lot boos. 'Ik zal tegen Ursula zeggen dat ze je om moet toveren in een glasbak, dan ben je ten-minste nog nuttig!'

Verprutst evenwicht

'Van mij!'
'Geef hier! Van mij!'
'Auuu!'
'Pas op!'
Lot rent naar de vechtende vrouwen toe. 'Hou nou op! Dadelijk scheu-
ren jullie het boek nog doormidden!'
'Puh!' roept de moeder van Karel. 'Beter een half boek dan helemaal
geen!'

'Mevrouw, dat toverboek is van Ursula! Geef het nou maar terug, anders tovert ze u om in een kikker of in een fles karnemelk!'

'Kan me niks schelen! Ik geef het niet af. Ik wil ook toverheks worden! Ik wil niet terug naar het bejaardentehuis!'

Ursula laat het boek los. 'Bejaardentehuis? Woont u in een bejaardentehuis?'

'Ja, inderdaad, en dat is vreselijk,' zegt Karels moeder. Ze wijst naar Karel. 'Hij heeft me daarin gestopt! Dat ondankbare mormel!'

Karel wordt rood.

'Mevrouw,' zegt Ursula, 'als u mijn toverboek geeft, zal ik ervoor zorgen dat u daar niet meer heen hoeft.'

'Meent u dat nou?'

'Ik zweer het op de botten van mijn oude heksenmoeder,' zegt Ursula plechtig.

Karels moeder geeft met een zucht van opluchting het toverboek aan Ursula.

Lot fluistert: 'Maar waar moet ze dan wonen?'

'Dat zien we dan wel weer,' zegt Ursula.

'Wat, wat... gaan jullie nou met mij doen?' stamelt Karel.

'De glasbak!' zegt Lot.

Karel valt op zijn knieën. 'Oh nee, alsjeblieft, dat niet!' snikt hij. 'Oh, ik heb zo'n spijt! Vergeef me! Ik heb mijn lesje geleerd! Ik zal een beter mens worden, ik zal het nooit meer doen!'

Ursula vraagt verbaasd: 'Wat? Wou je Karel in de glascontainer gooien? Hij past toch niet door het gat?'

'Grapje,' zegt Lot en ze zwaait met haar staart. 'Bij het oud papier, bedoel ik.'

Karel werpt een kwaaie blik naar Lot.

'Eerst moet alles weer normaal,' zegt Ursula. 'Daarna kijken we wel wat we met die twee doen.'

Ze gaat in het zand zitten en bladert in haar toverboek. 'Het is niet makkelijk om verprutst evenwicht te herstellen,' mompelt ze. 'Een heel moeilijke omkeerspreuk. Die arme visjes... Aha, hier heb ik het: De grote omkeerspreuk. De spreuk om alles weer te maken zoals het was. Lot, ik heb je hulp nodig. En mevrouw moeder van Karel, kunt u ook een handje helpen?'

Karels moeder knikt enthousiast. 'Zeg maar Trix, hoor!' zegt ze. 'Oh, wat spannend! Mag ik toch nog toveren. Dolletjes!'

Terwijl Ursula vertelt wat Lot en Trix moeten doen, slentert Karel langs het water. Overal drijven dooie vissen en hier en daar borrelt het water een beetje. Het ruikt vies. Met een zakdoek veegt hij zijn voorhoofd en nek droog.

Zal ik ervandoor gaan? denkt hij. Maar hoe kom ik dan van Zanzibar af? Ik heb geen geld bij me. Ik heb een computer nodig. Ik moet terug naar mijn winkel. Met een computer en de toverfloppy zijn Kareltjes problemen voorbij! En dan zal ik mij wreken! Yes! Karel de Grote. Karel de Tovenaar! Super-Karel! En ik begin met mezelf heel erg slim te toveren! Dat ben ik natuurlijk al, maar net een beetje slimmer nog, zodat ik de alleringewikkeldste spreuken zó op kan zeggen en nooit meer fouten maak. Maar nu moet ik eerst even doen alsof ik enorme spijt heb! Even die domme dames voor de gek houden!

Grinnikend schopt Karel tegen een dode zeester.

Omgekeerd raakt ongedaan

Lot, Ursula en Trix staan in een kring en houden elkaars handen vast. Ze zwaaien hun armen heen en weer en roepen tegelijk:

Al wat zwart was, wordt nu wit,
al wat suf was, wordt nu fit,
al wat vies was, wordt nu schoon,
al wat raar was, wordt gewoon,
al wat lag, zal nu gaan staan:
omgekeerd raakt ongedaan!

Al wat heet was, wordt weer lauw,
al wat grijs was, wordt weer blauw,
al wat dood was, gaat weer leven,
al wat wegnam, zal nu geven.
Donder, wolken, weer en wind,
al wat eindigt en begint.
Zo waar als wij hier samen staan:
omgekeerd raakt ongedaan!

Plotseling wordt de lucht inktzwart. Een knallende donderslag verscheurt de stilte. Het bliksemt boven de zee en er verschijnen schuimkoppen op de golven, terwijl het niet waait. Dan begint het te stortregenen.
'Help! Help! Ik ben bang voor onweer! Mama!' Karel komt zigzaggend over het strand aangerend en verstopt zich achter zijn moeders rolstoel. Lot drukt zich geschrokken tegen Ursula aan en kijkt angstig om zich heen. 'Is... is het misgegaan, Ursula? Wat gebeurt er? Ik ben ook bang!'

Ursula slaat een arm om haar heen en klopt haar geruststellend op haar rug.

Na een tijdje wordt de regen minder en trekt het donker weg. De huizenhoge golven worden langzaam kleiner. De lucht wordt helder en fris en de palmbomen schitteren in het licht van de zon.

'De dode vissen zijn verdwenen!' roept Lot opgetogen. Ze steekt haar handen in het water. 'Het is niet meer heet! Ursula, je bent geweldig!' Ze voelt aan haar billen. 'Wat jammer! Mijn staart is ook weg!'

Trix zit te stralen in haar stoel. 'Knap ben ik, hè?' zegt ze. 'Ik heb beslist talent. Ik kan toveren, ik kan toveren!'

Ursula kijkt tevreden rond. 'Zo, nu kunnen we terug naar huis.'

'Wacht Ursula, heel even nog!' Vliegensvlug trekt Lot haar kleren uit. 'Wat ga je doen?'

'Wat denk je?' roept Lot opgewonden, terwijl ze het water in rent. 'Ik ga lekker zwemmen in de zee van Zanzibar!'

De voorbereiding

'Wat spannend!' roept Lot. 'Mijn eerste heksenbijeenkomst! Hebben we nu alles?'

Ursula kijkt rond. In het gras om haar heen staan een heleboel apparaten. Een afwasmachine, een broodrooster, een magnetron, een krultang, een faxapparaat, een elektrische eierkoker, een ijsmachine, een stoomstrijkijzer en nog veel meer.

'Volgens mij wel,' zegt Ursula.

Trix komt uit de hut gereden, met een grote stapel dozen op haar schoot. 'Kijk eens, dit waren we bijna vergeten!'

'De computers! Natuurlijk!' roept Ursula en ze wrijft tevreden in haar handen. 'Dit wordt een bijeenkomst waar mijn heksenzusters nog honderden jaren over zullen praten! Een nieuw tijdperk begint!'
Ze kijkt Lot en Trix stralend aan. 'En ik heb maar liefst twee heel bijzondere leerlingen om voor te stellen!'
Miranda komt aangelopen en duwt snorrend haar kopje tegen Ursula's benen. Ursula bukt zich om haar te aaien.
'En wat zijn we blij dat we weer in ons heerlijke hutje in het bos wonen, hè Miranda? Ruik je de dennengeur? Die grote stad, dat was maar niks!'
Miranda springt op de schoot van Trix en rolt zich tevreden op.
'En je bent niet meer eenzaam,' zegt Trix glunderend. 'Want nu woon ik bij je. En je hebt dit!' Ze klopt op de stapel dozen.
Op een bedeltoontje vraagt Lot: 'Ursula, mag ik de verplaatsing van de spulletjes doen?'
'Nee! Ho eens even!' roept Trix. 'Ik ben aan de beurt!'
'Niet waar! Jij hebt vanmorgen al de bedden opgemaakt getoverd!'
'Maar dat was een stom huishoudtoverklusje,' moppert Trix.
'Geen ruziemaken, jullie,' zegt Ursula. 'We verplaatsen met z'n drieën de spullen naar de plek van de heksenbijeenkomst. Er is genoeg! Aan de slag, dames!'

Het Inter-heksen-net

De heksen keken hun ogen uit, terwijl Lot, Trix en Ursula met behulp van hun apparaten lekkere hapjes en drankjes klaarmaakten. Ze lieten zien hoe alles werkte. Bijvoorbeeld hoe je natte sokken en onderbroeken kunt drogen in de magnetron, of hoe je in een handomdraai kikker- en vleermuispuree kunt maken met de staafmixer, en hoe je je tenen en vingers kunt opwarmen in een broodrooster. Ook de werking van de elektrische eierkoker, het faxapparaat en de televisie werd uitgelegd. De heksen vonden het geweldig! Alleen de demonstratie krullen maken in poezenstaarten met de krultang lukte niet zo best. Ook toen een heks een natte kat in de magnetron wilde drogen ging het een beetje mis. Maar van de rest was iedereen diep onder de indruk.

Het allerleukste en het allerspannendste vonden de heksen de computers die ze mee naar huis kregen. Het waren geen computers om mee te toveren: Ursula had haar lesje wel geleerd. Op de computers stonden spelletjes. Een heleboel gekke spelletjes, zoals Pak-de-rat, Zoek-de-vampier en Super-Heksio.

De heksen vonden die spelletjes zo leuk dat er die nacht eigenlijk niet veel meer getoverd werd. Onder de volle maan klonken urenlang gebiep en gepiep en kreten als: 'Hè, nou! Ik had hem bijna!' en 'Nee! Niet daarin, stomme vampier! Alle rattenstaarten, duizend punten!' en 'Lot! Kom eens helpen, ik weet niet hoe het verder moet!'

Lot zorgde voor de klap op de vuurpijl door te vertellen wat er nog meer in de computer zat: het Inter-heksen-net!

Voortaan konden de heksen via de computer toverkunsten uitwisselen, roddelpraatjes doorvertellen en nieuw verzonnen recepten doorgeven. Of gewoon lekker kletsen, want dat doen heksen ook graag.

Ursula had niet overdreven. Vanaf die nacht was alles anders. Maar de bijeenkomsten op de geheime plek in het bos zijn gebleven. Want toverkunsten moet je toch zien.

Geen heks hoefde zich meer eenzaam te voelen, hoe afgelegen en ver van elkaar ze ook woonden. En dankzij die snelle uitwisseling bloeide de toverkunst als nooit tevoren.

Lot is een heel goede heksenleerling geworden. Ze woont nog bij haar ouders, maar ze gaat elke woensdagmiddag na school naar toverles. Op haar moeders stofzuiger.

Trix en Ursula wonen samen in het hutje in het bos. Eens in de maand gaan ze gezellig uit in de grote stad. En een beetje winkelen, een lekker hapje eten en naar de film.

En wat er van Karel is geworden?

Dat weet eigenlijk niemand. Hij is teruggegaan naar zijn computerwinkel en daarna is hij verdwenen.

Het enige wat hier iets mee te maken kan hebben, is dat er tijdens die heksenbijeenkomst een vreemd beest overvloog. Het leek nog het meest op een varken, met kleine groene vleugeltjes en een slurf. Het draaide een paar rondjes boven de heksenkring en trompetterde woest.

Toen vloog het beest weg en niemand heeft het ooit nog gezien.

Inhoud